Babarinde
Le tambour-parlant

Thony Babarinde

Babarinde
Le tambour-parlant
Recueil

LE LYS BLEU
ÉDITIONS

ISBN : 979-10-377-3108-1

Illustrateur : Thony Babarinde

La mémoire dans le vent

La lumière du jour sonne la cloche de l'éveil
le matin chante les louanges de la lumière,
le jour se lève

Promptitude, empressement, prestesse, dextérité
telle l'eau calme que l'on puise à l'aurore du jour
et que l'on déverse dans une jarre,
alors que tous dorment encore,
Babarinde se lève

J'entends le tambour parlant qui chante
évoque et récite la mémoire des ancêtres
à travers des légendes, des mythes, et des histoires
dans les chants anciens et dans les contes
racontés et dévoilés sous les yeux de la lune,
gardienne des mémoires

Le tambour est lui-même une mémoire,
mémoire de l'arbre dans lequel il a été sculpté
mémoire de la peau par laquelle il résonne
mémoire des écorces et des cordes,
mémoire de tous ceux qui l'ont joué
ou de celui qui le joue à présent,
alors le vent se lève

J'ai sollicité la poésie à mon réveil
elle m'a dit qu'elle dormait encore
j'ai convoqué la poésie en me levant
elle m'a répondu qu'elle était en voyage
j'ai tiré sur la couverture pour que la poésie
se dénude,
pour qu'elle sorte enfin de son sommeil
la poésie a refusé et elle m'a répondu
qu'elle était en commission,
Mon fils, *Babatunde,* se lève
pour écouter la mémoire qui danse dans le vent

C'est alors que j'ai commencé
à chanter les louanges de la Poésie
J'ai conté à la poésie d'où venaient ses ancêtres :
L'ouïe : ce que l'on entend
La vision : ce que l'on voit
L'âme : ce que l'on ressent
La sentence : ce que l'on dit,
la pensée épouse la langue

et elles enfantent le verbe,
celui-ci dès sa naissance court incessamment
derrière les traces que les souvenirs nous laissent
dans nos rêves, dans nos songes et dans notre
mémoire
le verbe réincarne les souvenirs
pour les faire renaître
Le verbe séduit le vent
pour lui confier les souvenirs en gage,
telles des alliances de fiançailles que l'aube
lègue au soleil dès le lever du jour

Telle la rosée du matin
qui se dépose sur la toiture,
et sur les champs,
qui donne naissance aux brumes et aux brouillards
du matin
La Poésie, viens te déposer devant ma porte
amène dans ton sillage la sentence, et la phrase
pour qu'elles dansent avec moi
pour qu'elles festoient avec moi
Tel le soleil qui illumine ce jour
Poésie viens t'asseoir sur mon fauteuil
Converse avec moi

Viens partager mon repas
Viens trinquer avec moi
pour que les mots coulent dans mon verre

et que les proses garnissent mon assiette
pour que les consonnes sonnent et les voyelles
volent
telles des cigales chantant l'arrivée de la nuit

Poésie viens que je t'épouse à mon éveil
viens que je t'habille d'une robe étoilée
une robe ornée d'adages et de dictons,
pour que le temps la conserve infiniment,
je te ferai une robe à l'image des codex,
à l'image des parchemins et des gravures de jadis
viens que je te chérisse

Poésie présente-toi telle la lune du soir
et que ta robe faite de sentences
scintille tel un astre dans la nuit,
et que tes bijoux soient des chansons
provenant d'un canoë à destination des mémoires
perdues

Poésie viens me réciter la mémoire du passé
le soleil d'hier, et les pluies oubliées,
les mémoires des rivières et les océans
raconte-moi les mémoires des montagnes,
et l'histoire des rochers, des silex et des granits

Poésie deviens un oiseau voyageur
prends ton envol
vers la grotte où sont déposées des sacoches de mémoires,
de souvenirs, et de témoignages,
Poésie perce les sacoches de souvenirs
d'un coup de bec,
pour qu'ils se répandent sur le sol
tels des éclats de diamants, telles des billes argentées,
qu'ils resplendissent et éclaboussent l'horizon,
afin que chacun se rappelle et se remémore
des instants de magies et de rêves,
des moments de tristesse et de gaieté
des jours de mélancolies et des jours de victoires

La mémoire c'est l'humanité
et être un humain, c'est se souvenir de ce qui fut,
de vivre ce qui est, et de rêver du futur

Les secrets cachés dans l'obscurité
les dires et les vérités longtemps dissimulés
tous cohabitent dans la chambre des mystères

Dans le vent doux et tiède
sous les rayons du soleil téméraire
La Mémoire glisse dans les ruelles
traversant les fenêtres et les portes entre-ouvertes

Le vent emportant dans son sillage La Mémoire
siffle telle une flûte enchantée
avant de s'engouffrer dans les champs
à travers les herbes, au-dessus des rivières et des fleuves,
À son passage La Mémoire se revigore
déballant son tapis de souvenirs,
des caresses déposées, des baisers distillés,
des sentences prononcées, des gestes inaccomplis
la chaleur du soleil, les gouttes de la pluie
oui, La Mémoire se réveille et s'étire
dans l'espace et dans le temps

La tempête de vent est une danse sauvage
le vent nous conte les échos de jadis
Écoutez les récits de ceux qui ont vécu
tous ceux qui ont dansé, chanté et parlé
La tempête est une boîte de souvenirs
un coffre où se reposent des légendes, des mythes et des contes merveilleux
les souvenirs se projettent violemment
sur nos fenêtres, nos portes et nos murs

Les briques portent les traces et les séquelles
les pierres retiennent fermement les joies et les pleurs
les cicatrices sont transcrites sur le visage du temps

Et le sifflement du vent,
devient alors une voix fantomatique,
énonçant des crissements, des onomatopées,
des vociférations et des murmures

La Mémoire a épousé les événements, et les faits,
pour donner naissance aux souvenirs
Les souvenirs et les survivances que le vent caresse,
embrasse et effleure à son passage improviste

Ce vent, visiteur inattendu,
fait claquer la porte d'une vieille armoire
qui depuis des siècles était gardée secrète
scellée par la lourdeur du temps
noyée dans les torrents de pluies
qui irriguent le ventre des montagnes,
enfouis dans les poussières des années

Dans une chambre d'un vieux manoir délaissé
la porte violentée s'ouvre
dévoilant un vieux grimoire contenant
les secrets et les connaissances de jadis
les souvenirs s'écrivent en lignes
se dessinent en formes diverses

Embarquez-vous pour un voyage
à destination des mémoires perdues
navigation sur l'océan des oublis éloignés

laissez-vous guider par le battement
des ailes et l'envol des souvenirs
les vérités qui ont enfanté le monde

Si l'arbre devait conter l'histoire de la création,
il nous dirait que les secrets sont dissimulés
dans les racines et dans les entrailles de la Terre
Si l'océan devait raconter
l'histoire de la création du monde,
il dirait que les secrets résident
dans le ventre de *Yémoja* la déesse de l'océan
Il dirait que les vagues et les ondulations
ont donné naissance à la terre

Si le vent devait dire la naissance du monde,
il dirait que le monde est né
dans le ventre des tempêtes et des alizés
qui ont semé la vie
pendant leur danse folle

Les empreintes enterrées dans les sables des plages
ont disparu le matin venu
la nuit calme et le vent les ont effacées
Les cris de joie, les pleurs d'enfants
les incantations, les promesses
tous ont été gommés par la rosée et la fraîcheur
du matin, après la brise du soir

Lorsque les premières vagues sont venues
déposer leurs baisers sur les lèvres des plages
le matin venu, les sables ont tout oublié
Mémoire de « stockage » effacée
mémoires internes et externes désintégrées
Il ne reste plus que les échos de l'eau
les échos de rires et de dires,
seulement des échos de pleurs et des pas
sans résonances et consonances

La mémoire est un cheval ailé
qui traverse le ciel de nos souvenirs
tel Pégase s'élevant dans l'atmosphère
emportant nos rêves éveillés,
vers l'aurore de nos sommeils si calmes

Les souvenirs sont dans les lignes
et dans les cheminements des rivières
qui fraient la route vers la plaine des mémoires
Les souvenirs sont les vents et les collines
les fleurs et leurs parfums

La montagne devient une colline
la colline finit par devenir une roche
la roche se réduit en un rocher
le rocher devient un jour, une pierre
la pierre s'effrite dans le temps
et finit par devenir sable

La mémoire est dans la montagne
et les souvenirs dansent dans la pierre
la mémoire se grave dans nos villes
sur des pierres taillées

Que tu es belle la lumière de mes souvenirs
que tu es grand l'éclair de mes nuits
La mémoire est un arbre planté
dans un champ de roses
La mémoire est dans la couleur des roses
qui ornent nos champs labourés
La mémoire est un arbre planté au milieu du fleuve

« Les souvenirs rebondissent en une chanson nocturne guidée par la cadence des éclairs »

Dans la mémoire des roses
chantent et bourdonnent des abeilles
graveuses et dépositaires de souvenirs
C'est dans la mémoire des roses
que naissent les couleurs d'été
c'est dans la mémoire que les roses
enfantent et donnent naissance au miel
le miel est la mémoire des ruches
des montagnes, des arbres

Il y a la mémoire dans les secrets enfermés
dans les vieux grimoires,
secrets stockés derrière les portes de vieilles
armoires

La mémoire est dans le glissement d'un serpent
qui se faufile dans les herbes
l'homme se souvient du serpent
et de son déplacement,
alors que l'herbe se souvient des caresses
et des frôlements de la peau du serpent
C'est dans la mémoire génétique
de la jungle que le lion règne

même les animaux nouveau-nés,
connaissent sa légitimité dès leur naissance
Dans la mémoire des griffes et des pattes,
le règne du lion est établi
Les griffes ont gravé l'histoire
les crocs ont cisaillé le temps
les coups de pattes ont façonné les souvenirs

Déposant dans la poche de la mémoire
leurs histoires et leurs réputations
le lion n'a guère besoin d'une couronne
pour se proclamer roi,
car sa crinière est une couronne prédestinée
L'anaconda règne dans la forêt amazonienne
et tous le reconnaissent comme un seigneur
c'est gravé, entaillé, transcrit
dans les tripes des montagnes et des collines,
dans les branches qui se balancent
dans le bras du vent qui les berce

L'animal que le cobra embrasse
reste dans la bouche du cobra
il finira dans son ventre,
c'est gravé dans la mémoire des animaux
et dans l'ADN des herbes et des feuilles
Le cobra ne connaît pas grand monde,
mais tous les animaux savent qui il est

« Celui qui ne connaît pas l'océan
connaît certainement le goût du sel »
Dans la mémoire collective,
l'histoire s'incarne en un parfum singulier,
c'est pourquoi le léopard ne s'annonce pas
mais bondit sur sa proie,
Le tigre ne connaît pas tous les animaux
Mais tous le connaissent

L'aigle ne connaît pas tous les oiseaux
mais tous les oiseaux connaissent l'aigle royal
Le lion ne connaît pas ses proies
ce sont les proies qui le connaissent
en roi légitime,
tout ceci est gravé et conté dans les mémoires
dans les récits de la jungle,
dans l'ADN de la forêt

Les souvenirs arrivent en une poignée
de sables jetés
tels des éclats de diamant
qui tombent dans les poussières accumulées
et emportées par le vent
Tels des fagots encore humides
les souvenirs s'allongent de la terre aux nuages
sans mouvement, sans signe de vie,

attendant seulement que le baiser du soleil levant
leur donne la vie et la mouvance
Pour pouvoir retomber en une pluie
de graines magiques qui nous transportent

Les souvenirs sont des bottes de paille
dégageant des vapeurs encore tièdes
de faits récents et d'événements révolus
dans les veines de chaque paille
il y a le baiser du soleil
les caresses de la pluie printanière,
le labeur du fermier qui les a mises en bottes
la douceur de la nuit ainsi que la brusque arrivée du jour
Il y a les traces du temps
tout est empaqueté dans le vent du soir
qui bourdonne sans cesse
telle une abeille agacée
La pluie pourrait tomber aussi longtemps
et si lourdement
elle ne pourra jamais effacer les taches
sur la peau du léopard
La pluie ne pourrait pas décolorer
les taches sur la coccinelle,
la peau du zèbre restera tachetée
La pluie ne délave pas les couleurs du papillon
qui voltige à travers les gouttes tièdes des tropiques,
la pluie ne lave pas les taches du tigre

Les mémoires sont tels des fruits pendants
d'un vieil arbre de la forêt
tel un rocher planté au bord de la rivière
caressé, effleuré et embrassé par les flots

La terre est un disque dur
mémoire ancestrale, disque de comète, mémoire
vivante,
son ventre est une disquette
la mémoire s'accumule en un océan oxydé
la mémoire s'effrite dans le harcèlement du temps
la mémoire s'égoutte sous la pluie fine
qui nourrit la terre de souvenirs encore tout chauds

Saisissez les souvenirs et les événements présents
lavez-les, épurez-les tels des légumes d'hiver
hachez-les, épluchez-les tels des fruits d'automne
mettez-les dans un saladier tels des délices d'été
émiettez-les, râpez-les telles des carottes, denrées de
printemps
mettez-vous à table et dégustez-les, digérez-les

Mais ne les stockez pas dans le ventre
seulement dans les disques durs, clés USB
et même les disquettes obsolètes, dans les mémoires
internes
que chaque os se souvienne
que chaque veine et chaque muscle se rappellent

Que les sons, les images et les moindres détails
soient transcrits, soient stockés, soient gravés
soient figés dans le temps, soient conservés
dans nos lagunes, dans les lacs et les étangs

L'eau n'a pas de visage
mais elle possède une voix
qui transporte les présages pour tracer les voies
la route des souvenirs qui naissent
L'eau n'a pas de jambes
mais elle court plus vite que nous
elle porte des bottes à la couleur de la lune
L'eau n'a pas de robes pour s'habiller
mais elle s'illumine de milliers d'étoiles
qui le soir venu, libèrent les souvenirs
de leur boîte telles des étoiles filantes

Les souvenirs sont conservés dans le ventre
des rivières et des fleuves
les souvenirs sont empaquetés, emmagasinés, gravés
dans l'antre des océans

La mémoire est un océan
dans lequel nous pêchons des poissons-souvenirs
chaque filet jeté à l'eau dévoile des mystères
des oublis qui se ravivent, et reprennent vie
les oublis deviennent des souvenirs,
chaque souvenir pêché est un trésor

Telles des gouttes tombantes d'une pluie
dans une nuit envahie par l'obscurité
les souvenirs rebondissent en une chanson nocturne
guidée par la cadence des éclairs,
qui jaillissent soudainement pour poignarder
l'obscurité
des braises mourantes qui s'enflamment à nouveau

Les souvenirs se regroupent
dans une liasse de feuilles étalées
regroupées et rassemblées par le vent
qui danse une valse frénétique et hypnotique

Quand les oublis se ravivent,
ils se vêtent de leurs manteaux de lumière
et deviennent des souvenirs ambulants
Les souvenirs s'assemblent pour constituer la
mémoire
et la mémoire c'est notre héritage commun,
c'est dans la mémoire que nous embrassons
l'immortalité

Là où le léopard se repose,
le coq ne pourrait pas y chanter,
même si le chant poussait tel un arbre de la forêt
dans la gorge du coq,
le coq garderait le silence

et si le coq décide de chanter de force
la mémoire le piquerait tel le dard d'une abeille

Là où le cobra pressé se fraie un chemin,
les autres animaux se poussent
ils s'écartent de la route,
Car aucun d'eux ne voudrait partager
le salut venimeux du cobra

Ce n'est pas parce qu'il fait nuit
que l'on doit allumer une lanterne
pour éclairer le visage du tigre,
mieux vaut rester discret
tout est conservé dans le canoë des souvenirs

L'éléphant était déjà gigantesque dans la forêt
avant que le lion ne devienne roi
De même que l'éléphant a hérité de ses défenses
de même le lion a hérité de sa crinière royale

Chaque événement présent
ravive les braises de souvenirs
la neige d'aujourd'hui nous rappelle
les précédentes chutes de neige
Le « déjà vu » se peint en tableau
avant de se déposer dans le tiroir des souvenirs
pour reprendre vie dans le futur,
et constituant de cette manière un témoignage

À chaque histoire racontée, ou évoquée
à chaque chanson entonnée, ou récitée
de chaque récit narré,
c'est la mémoire qui se dénude, se pavane
et commence sa danse au hasard des chemins
du désert aride jusqu'à la terre verte et luxuriante
Danse frénétique, pointillée de vides
et de « trop pleins »,
pointillée de suffocations et de rebondissements,
de soubresauts, de saltos et d'égarements

La mémoire est une bouteille qui se vide
car le contenu s'évapore dans le temps
une bouteille qu'il faut remplir de nouveau
pour la génération future,
afin qu'ils puissent calmer
leur soif de savoir ou leur curiosité
La mémoire devient un tambour
qui résonne de loin
et qui à chaque nouvelle résonance
nous sonne familier, ou s'éloigne de plus en plus

La terre garde dans sa mémoire les traces
de stigmates, de toutes les inondations,
de chaque tremblement de terre,
de chaque coup de pelle reçu
Oui, la terre se souvient du feu, de l'eau et du vent
ce sont ses compagnons de l'origine,

l'eau est une mémoire, le feu est une mémoire
et le vent est aussi une mémoire
La mémoire qui coule, la mémoire qui brûle
et la mémoire qui vole tel un rossignol
mémoire vivante comportant des semences de
souvenirs

Ma poésie est une sirène
mi-humaine et mi-oiseau
mi-humaine et mi-poisson
moitié terre et moitié eau
moitié ciel et moitié nuages
moitié révélée et moitié mystère

La mémoire si familière, si quotidienne
quand elle danse à travers les rayons du soleil
qui lui jouent une mélodie de souvenirs
La mémoire se réveille quand elle embrasse
la lumière du jour
qui ravive nos souvenirs oubliés
La mémoire si familière, si quotidienne
quand elle se couche avec la lune
pour fleureter avec les étoiles
qui lui récitent une ballade de souvenirs

Ma mémoire ne flanche pas, ne tergiverse pas
ne te trouble point,
ne te perds pas sur des chemins mal tracés
ne t'égare point dans le désert
n'emprunte pas la route des tempêtes

Sois douce telle la rosée matinale
sois fraîche telle un pétale de rose
sois vivante, pleine d'émotions et de couleurs
régénère-toi, telle une nouvelle pousse d'herbe
sois fertile telle la pluie nocturne
et que les souvenirs soient tes enfants
et si tu croises ALZHEIMER sur la route
ignore-le, dépasse-le,
et surtout, ne le prends pas en stop !
Laisse-le errer dans le désert.

Route de Launaguet,
Toulouse, octobre 2016 – février 2017

Le jardin dans les étoiles

Cascades de pluies fines
sur la végétation si dense, si légère et si vaste
cascades d'étoiles filantes
sur le ciel dénudé dans le ventre néfaste
du temps suspendu

Cascades d'étoiles filantes
le long d'un fleuve éclairé par la lune
cascades de scintillements sur un lac inondé
d'étoiles et d'éclairs
le lac rit de mille yeux ce soir

Trois mille ans dans le labyrinthe du temps
descendant dans les gorges des montagnes
avant de parcourir les intestins de nos rivières et
lacs,
trois mille siècles depuis les briques de Khéops
De la forge du Colosse de Rhodes,
jusqu'au soleil du Phare d'Alexandrie

de cette lignée sont nés « Les jardins suspendus de Babylone »,
un paradis entre ciel et terre
la merveille des arbres flottants dans les airs
un paradis dans le désert
où la végétation épouse les formes des arches
le jardin suspendu est un arbre sans racines
c'est une écriture dans les nuages
c'est un navire volant

Tant de sables remués, tant de pierres taillées
dans les entrailles infernales du feu
les tailleurs ont taillé, les forgerons ont forgé
les porteurs ont porté, et déplacé des montagnes
le temps a poli et a façonné les imaginations et les rêves
les visages des ambiguïtés de nos ambitions
Tant de sueurs, tant d'efforts surhumains
tant de pleurs, tant de mystères dans le vent
tant de soleil et tant de pluie fertiles

La pluie purifie et efface les souvenirs
déchirant le ventre de l'obscurité
pour que le jour s'éveille dans le chant du coq
et que la vie fracasse l'œuf et sorte de la coque
telle une invitation discrète dans un jardin suspendu
tout en haut d'une falaise congrue
Les feuilles si bien définies

longeant les abords bien arrondis
les balcons érigés en pierres au creux de la montagne
orientent les plantes et les fleurs
qui tendent leurs bras aux vents qui les bercent
Avant que l'aube ne s'endorme
et que les sables de nos jardins ne commencent
à nous conter leurs témoignages de jadis
Telles des plantes suspendues
le Verbe descend et s'incarne
en une pluie suspendue, dans nos champs
dans nos gouttières et sur nos toitures
Les gouttes sont suspendues avant d'embrasser la
terre

Sérénité dans le regard
la Lune ne bouge pas
tranquillité majestueuse
les vieilles montagnes du Sud
campent énergiquement sur leurs pieds
les Pyrénées et les Alpes se tendent les bras

Le coq qui doit chanter
l'aigle ne pourra pas l'emporter
pas avant que le destin du coq ne soit accompli

Imperturbable, inébranlable, presque apathique
pas de chavirement, je ne tergiverse pas
Telle une petite aiguille

sur laquelle personne n'ose poser le pied
telle la petite aiguille
que personne n'ose avaler
en connaissance de cause

Imperturbable, impalpable, presque apathique
mille yeux dansant sur l'eau
scintillement et brillance mélangés
Le soleil tend ses rayons tièdes
légèrement chauffés, légèrement frais
les arbres reprennent espoir
tendent timidement leurs branches
vers le ciel si bleu, si blanc, si fugitif

Le ciel est un océan primitif
l'océan est un ciel fuyant
mille yeux dansant sur l'océan
et le lac rit de mille éclats
le lac glousse de mille dents
un lac rempli d'éclats d'étoiles
un lac envahi par les scintillements et les brillances
le visage du lac est un reflet du ciel
le lac brille de mille sourires

Des éclats et des scintillements
que je chante et récite
Je déroule mon regard au loin
Je n'aperçois que lumière

une lumière qui m'éblouit
Toute lumière n'est pas vision
et toute vision n'est pas lumière
comme toute lignée n'est pas un chemin tracé
tout chemin tracé ne mène pas à la lignée

Le manteau que le lion s'enlève et dépose
aucun autre animal ne peut s'en vêtir
le lion ne partage pas sa tunique royale

Les gouttes d'eau sont suspendues
quand elles deviennent la brume
la pluie est suspendue quand elle s'incarne en
brouillard
Le verbe est suspendu
le verbe s'accroche à la langue qui l'énonce
faisant des bonds tel un kangourou
des bonds de suspensions et de pointillés
pour devenir acte, conscience et concret

Le verbe est né suspendu
Tel le fœtus suspendu au cordon embryonnaire
la terre est un jardin suspendu
l'univers est une multitude de suspensions,
Mars, Jupiter, Vénus, Neptune…
Des astres, des comètes et des planètes
que des suspensions…

la suspension c'est l'infini,
pas de commencement ni de fin,
l'action inachevée est une suspension

La terre est suspendue, éclairée par le soleil
la terre n'a ni piliers ni attaches
elle se balade sans sacoches
Le soleil qui scintille n'a ni pilier ni support
si le soleil est suspendu
c'est pour épouser la lune suspendue

Le soleil et la lune ont enfanté
la terre,
la terre est née dans la suspension,
une suspension spatio-temporelle
Le ciel est suspendu
le ciel est sans fondations sans limites
le ciel est une suspension
les nuages sont une infinité de suspensions
une multitude d'incertitudes
un océan de questions en suspens
la suspension est l'indétermination,
l'indéfinissable, et l'inachevé

*« Implorez la terre d'être clémente
et elle vous accordera une danse nocturne »*

La terre est un jardin suspendu
un astre qui danse dans l'espace étendu,
l'espace est une infinité de suspensions
et de pointillés…
le soleil perché dans les nuages
soufflés par le vent,
échangeant au croisement un pas de valse
et de tango avec la terre
rotation continue et incessante

Je ne suis pas allé à la rivière
pourtant j'ai bu de l'eau
je ne suis pas encore allé dans la forêt
pourtant j'ai un panier plein de fruits
je ne suis pas encore allé à l'océan
pourtant j'ai du sel
je ne suis pas parti à la quête du verbe
le vent me l'a apporté

Demandez à la pluie de pleurer
et elle vous donnera de l'eau
dites au soleil de vous regarder
et vous aurez de la chaleur

sommez la lune de vous faire un sourire
et elle vous éclairera la nuit
implorez la terre d'être clémente
et elle vous accordera une danse nocturne

Les feuilles mortes,
couleur d'automne tourbillonnent
dans le vent d'autan
Une danse folle imposée par la tempête,
qui est née dans les nuages ballottés,
entre ciel et terre

Le vent est suspendu
le souffle de l'homme traversant un instrument
à vent,
une trompette, un trombone, un saxophone, une flûte
indienne
Nos chants et nos voix sont nés
dans le vent, la musique est alors une suspension
Les sonorités et les chants
parcourent et traversent l'espace suspendu
pour chevaucher le vent
pour traverser l'atmosphère
et résonner comme le signe de l'éveil

Comme dans un magnifique mirage
la vie s'écrit en suspension,
trait d'union et en pointillés,

tel un fil pendant, lisière sans crochets et sans pattes
Un océan d'étoiles en suspension
pour nous rappeler que le monde
est né dans la suspension
que la pluie est une multitude de suspensions
de gouttes et vapeurs,
La terre est une superposition de couches,
une boule qui se balade dans l'univers infini
Envoûtée par une mélodie cosmique
le battement de l'univers est une série de
suspensions,
et une multitude de pointillés
Qui dans le cosmos se perdent et disparaissent au
loin
afin de renaître pour durer des millénaires

Le héron pose son nid sur le dos
du cheval
dans l'amitié et dans un lien divin
le dos du cheval lui permet d'être en suspension
entre terre et nuages

Les spatules
oiseaux d'eau avec leurs becs en immersion
et en suspension
pêchent dans un lac étoilé
Les oiseaux construisent leurs habitacles en
suspension

leurs nids sont suspendus dans les bras
et dans les têtes des arbres,
où dans leurs ventres creusés
La terre est un jardin suspendu
et nous sommes tous en suspension
accrochés au cordon ombilical
nous sommes des traits d'union et des pointillés,
des points d'exclamation et des points
d'interrogation

Au lever du jour les iris étincelants
donnent leurs sourires aux pensées,
qui parées de leurs couleurs jaune, rouge et rose,
les lierres grimpants croisent les bras allongés
et prolongés des chalets et d'autres
plantes rampantes,
les muguets et leurs clochettes blanches
en suspension continue s'abandonnent à l'espace,
tout en diffusant un parfum de musc

Les lavandes juxtaposées diffusent
dans l'atmosphère des arômes apaisants
les gypsophiles dans leur floraison estivale,
partagent les lieux avec les anémones,
papillons d'été, dont l'œil central observe le ciel bleu
Non loin les physalis et les gentianes dansent
bercées par le vent d'été
Du haut de la montagne le vent berce infiniment

les tiges et les feuilles en suspension
les orchidées à leur réveil saluent
les géraniums si frêles, caressés et coiffés par la
brise
Les plantes couvre-sol festoient en se propageant et
en s'étalant au gré du vent
la terre est suspendue, l'homme est suspendu et les
jardins
sont suspendus

L'alphabet est une multitude de suspensions
notre monde est une suspension,
nos horloges sont suspendues
quand elles pactisent avec les murs de nos maisons
Le Big Ben est une horloge suspendue
nos tableaux sont suspendus
fixés et accrochés sur nos murs

Les gratte-ciel de nos cités sont
des suspensions, des points d'exclamation
les Pyramides, le Colosse de Rhodes, le Phare
d'Alexandrie
alors l'histoire est une suspension
une succession d'événements et d'accomplissements
suspendus,
Nos livres sont en suspension dans nos bibliothèques
et sur nos étagères
Et les cascades qui sillonnent les ventres

de nos montagnes, creusant leur passage
dans les entrailles des roches, et des rochers,
avant de se jeter en suspensions
dans les nuages entre ciel et terre

Dans des danses frénétiques et énergiques,
l'eau jaillit de nos montagnes
pour que la vie y jaillisse aussi
pour que nos plantes nourrissent leurs racines
et s'agrippent aux vents

Éole nous visite en douceur,
dans les sillons de la brise du soir
qui laboure nos champs délaissés en jachère
qui laisse des traces dans nos cultures maraîchères
avant que le jour ne se lève enfin
avant le chant matinal du coq
qui a veillé toute la nuit
dans l'insomnolence

Le coq qui doit chanter
l'aigle ne pourra pas l'emporter
pas avant que le destin du coq ne soit accompli.

Mon verbe est un scorpion

Le jour s'éveille le soleil gouverne le ciel
le soleil réveille la brise
le soleil ordonne aux herbes
de se relever de leur sommeil
Les animaux secouent leurs fourrures
les humains se parent de leurs habits
chacun entonne son chant matinal
dans l'écho encore tiède du chant du coq

Mon verbe
C'est la pique des orties qui vous gratte
vous démange, vous irrite
et vous repose le soir venu

Mes sentences
sont des épines de roses
qui vous empêchent d'agresser la Rose
Des épines qui vous empêchent de vous approprier
si facilement, de la beauté, du parfum et de l'éclat de
la rose,
car la Rose se mérite

Mon verbe
c’est un scorpion qui erre dans les dunes du désert
un scorpion dont le venin n’est pas mortel
un prince des sables, un seigneur des forêts,
vivant parmi les sauterelles et les criquets
qui tous la nuit venue, s’organisent des concertos
pour conquérir l’infini
et des chants pour séduire la lune

Ma poésie est un scorpion
dont le venin ne tue pas
mais vous rend ivre de phrases,
de sentences et de proses,
Un scorpion qui vous endort à chaque rencontre
devant le sourire espiègle de la lune

« Approche que je te pique ! »
tel est le chant du scorpion
Le scorpion bombe son torse
prêt pour le combat

Il pique ! Il retire son épée
« En garde ! J’arrive ! »
Mon verbe est un escrimeur
il se jette, se retire,
Il s’élance et blesse avec sa lance

« Approche que je te pique !
tel est le chant du scorpion »

« Approche que je t'endorme ! »
sommeil de passion et de légèreté
une onction pour l'éternité

Mon venin est une brise
qui doucement vous brise
à son commandement vous êtes soumise
le scorpion ne vous fera pas de remise

Le scorpion prépare minutieusement
son venin
à la mesure de chacun, à l'instant,
proportionnellement à sa fureur du moment
Quelques syntaxes, quelques vers
composés de voyelles, et de consonnes,
des virgules, des rimes... danse rythmée

Ma poésie est un scorpion
dont les pattes fines
récitent les louanges du soleil,
dont les lignes ornées de piques
qui parcourent sa longue queue désarticulée
sont des épines

Mon verbe est un scorpion
qui combine légèreté et rigueur,
finesse chirurgicale et méthodique dans
l'intervention,
guerrier inépuisable
prince dans l'art des pinces

Ma poésie est un puits profond
avec des vagues gigantesques
si vous tombez dedans, pas de noyade
mais un passage secret
une passerelle qui vous transporterait
vers le palais du verbe

Le verbe qui a poussé telle
une pensée au bord d'un lac,
égayée par le soleil et attendrie par les étoiles de la
nuit

Le verbe est ici, un prince
la poésie est une comtesse
les proses sont des cavalières infatigables
et les sentences parées
de leurs manteaux stratosphériques
sont des baronnes

Si l'oiseau portait un
manteau de feu
et que le léopard portait
un habit sanguinaire,
et que le lion s'habillait de haillons,
le lion ne serait toujours pas l'égal du léopard,
et le léopard serait toujours un seigneur devant
l'oiseau

Aussi longtemps que la langue
pourrait danser,
elle ne tomberait jamais de la bouche

Mon verbe est un scorpion,
la main ne s'attarde pas dans un pot
où réside un scorpion,
comme l'eau chaude
ne s'attarde pas dans la bouche

Les yeux du léopard c'est le feu
le dos du léopard c'est le soleil
dans tous les cas le léopard
est une boule incandescente

Un chien aboie tu cours
si le léopard feule
tu n'auras plus de jambes.

Je ne suis pas poésie

Je ne suis pas poésie
je ne suis que poète
tel un ruisseau qui s'allonge
je me tends, je me prolonge,
je me perds dans les bras de l'espace

Je ne suis pas poésie
je ne suis que poète
tel un chemin qui zigzague
mon destin se confond avec le sourire brumeux
des montagnes

Mon habit est une poésie
mes bracelets et colliers sont poésie
mon sourire et ma voix sont poésie
mais, moi, je ne suis que poète
La poésie habite dans le cœur des montagnes
la poésie nage dans les tripes des rivières
la poésie grimpe sur les arbres
et sautille dans les branches

La poésie vole tel un papillon
telle une hirondelle,
la poésie se dévoile dans le chant,
d'un roitelet huppé ou d'une mésange charbonnière
qui donnent le tempo au rythme de leurs becs
virevoltants

Moi je ne suis que poète
je ne suis que le vent
je ne fais que passer, toucher, visionner
exprimer, dessiner et décrire,
Le poète n'est qu'un passager
alors que la poésie est infiniment
océan, forêt, banquise et le feu
La poésie est intemporelle

« Je ne suis pas poésie, je ne suis que poète »

La couronne révèle le roi
les colliers princiers révèlent les seigneurs
le verbe et la sentence énoncés
révèlent la voix du poète

Un animal me poursuit
ce n'est pas le discours du chasseur
Un poisson me poursuit
ce n'est pas le discours du pêcheur

Un oiseau me poursuit
ce n'est pas le discours du piégeur
Mes proses et mes sentences me submergent
ce n'est pas le discours du poète

Je ne suis pas poésie
Je ne suis que poète.

Pluies fines

Quel que soit le nombre
des étoiles dans le ciel,
la lune sera toujours
la reine de la nuit

Quel que soit le nombre
des planètes dans l'univers
le soleil demeure le prince
annonciateur du jour nouveau

On ne peut pas cacher
les couleurs de l'Arc-en-ciel
car quand il apparaît
tout le monde le voit

Personne ne peut noyer
L'Arc-en-ciel dans la mer
l'Arc-en-ciel réside déjà au fond de l'océan
son rayonnement illumine
le fond des abysses

Si l’on pouvait planter
l’Arc-en-ciel dans la forêt
pour qu’il pousse tel un arbre
il éblouirait toute la végétation

Je n’ai pas vu les braises
toutes rouges danser
sur le plancher
juste le bruissement de l’eau

Depuis la nuit des temps,
l’araignée tisse des toiles
mais on n’a jamais vu
une araignée se tisser une robe.

Les hauts fourneaux de Florange

Il y a ces visages de gens déçus
Il y a aussi ces poings levés
Ces visages et mines serrés
Dans ces moments difficiles et tendus
le peuple se soulève contre le Tyran d'acier
sur les champs de bataille fument encore des cheminées
Leurs nez pointés vers le ciel gris du Nord
Florange, abandonnée sous les coups d'une main de géant et des poings d'acier sans lendemain
L'ambiance est morose et la fumée pesante
lutte d'ouvriers et ouvrières qui durant tant d'années se sont donnés,
ceux qui de leurs mains et de leur sueur ont fait tourner ces fours géants
Sacrifices inutiles ou ingratitude d'un géant sanguinaire et destructeur
de tant d'efforts et de bonne volonté

Battez-vous guerriers et soldats des temps
modernes !
Lutter contre l'ogre d'acier ou se laisser écraser sous
le poids du métal ?
Jadis les forgerons battaient le fer
aujourd'hui c'est le fer qui nous bat : Arcelor
Mittal !

Le temps dénudé

Quand la goutte des secondes
S'engage dans la gorge de l'entonnoir
Quand la goutte des secondes
Humidifie l'espace-temps
Quand le Temps s'étend
Pour compter les grains de minutes semées

Les minutes fusionnent
Tel un serpent qui s'allonge
Pour s'écouler en heures

Les heures avancent et avalent l'espace
Pour s'enrouler dans les jours
Qui sonnent à la porte des semaines

Les semaines enfantent les spirales
Et boucles qui composent les mois
Les mois tel un fleuve se déversent
Dans l'infinité du cosmos

Les mois enfilent le manteau des années
Les années portant l'alliance
Des siècles, et devenant épouses des millénaires

Le temps nous conte le passé
Les faits du passé sont les gravures
Dans ce vide insaisissable
Qui nous emporte dans son tourbillonnement
Le temps c'est le nouveau-né d'hier
Qui guerroie aujourd'hui
Ce sont les termites qui trouent et rongent
Nos boiseries et tissus
Ce sont les poussières qui illustrent nos gâchis et abandons
Là où demeurent poussières
Là où le temps chante l'hymne de la victoire
Le temps engendre la poussière des souvenirs

Le temps c'est *Babatunde*
Qui pousse telle une igname
Qui sous la pluie et le soleil quotidien
Dirige ses petites mains d'enfant vers le ciel éloigné
Dont il s'approche à chaque nouvelle goutte de pluie
À chaque nouveau jour qui arrive

Le Temps fut jadis un champ
Qui est maintenant le présent
Et qui dans longtemps sera Cent ans !

Les vents, les pluies, le soleil et la lune
Le temps si proche et si distant
Rouille, corrosion, péremption, décomposition
Les rides sont les témoins du temps
Ce sont les séquelles que le temps laisse
Poussières, sables et toiles d'araignée
Ce sont les restes du temps
Cendres et renaissances
Le temps est un infatigable guerrier
Ne rend pas de comptes, ne se justifie pas
N'attend nullement
Mais s'éclate dans un murmure
Mais sifflote dans un hurlement
Le temps d'une voix rauque
Taquine les humains en victimes impuissantes

Le temps nous transporte, nous porte,
Le temps nous transperce
Le temps nous transpose
Le temps nous transforme
Le temps nous transcende
Le temps est un magicien patient et discret
Le temps est un professeur
Le temps est un conducteur
Qui donne le tempo à suivre

Le temps, ces fleurs écloses
Ces parfums enivrants
Ces couleurs qui scintillent

Sous le sourire du soleil candide
Le temps, ce serpent-vent
Qui nous encercle et nous enroule
Dans une étreinte cordiale, destructive et
régénératrice
Un jour le fracas de nos os
Dans un enlacement céleste

« Battez-vous guerriers
et soldats des temps modernes !
Lutter contre l'ogre d'acier... »

Le temps ce sont les échos des puits vides
Les voix rauques des montagnes et vallées
oubliées
Ce sont les vociférations de la tempête
des déserts
c'est le chant entonné par la pluie qui danse
Le temps c'est chaque nouveau matin que
l'on embrasse
C'est chaque nouveau mot enfanté par la langue
C'est chaque nouvelle action accomplie
C'est de l'aube à l'obscurité de la nuit
C'est une feuille sur laquelle tambourine la pluie
matinale

Le temps ce sont les échos perçus de loin
Ce sont les fleurs fanées par la fatigue et la durée
Ce sont les raideurs d'une prédestination annoncée
Impuissants cavaliers
Les montures nous conduisent éperdument
Leurs sabots nous transportent magistralement

Le temps, train de mémoires
Qui capture des moments, instants,
Un train de sables, de souvenirs et d'histoires
Des fossiles et un cristal qui tombe en fragments
De secondes, minutes et les heures semées dans les champs
Des éclats, des séquences du temps qui pousse
Une mécanique intrépide
Le temps nous fabrique, nous concocte
Le temps nous épuise, nous propulse et nous fortifie.

Septembre – octobre 2018
Toulouse, Route De Launaguet

Merveilles

[je voudrais accomplir des
Merveilles]

Merveilles merveilles
je voudrais accomplir des merveilles
Je voudrais à l'instar des cascades
illuminer les visages dissimulés des montagnes
et caresser les chapeaux imperméables sur la tête des
rochers
Effleurer le dos lisse de la plaine
caresser le ventre plein de la Lune

Merveilles merveilles
Je voudrais accomplir des merveilles
Tel est le chant d'une rivière qui parcourt
les entrailles des montagnes
pour renaître sous forme de *cascades*

J'ai couru longtemps
avant d'être initié
j'ai longtemps couru
avant de connaître les secrets dissimulés
J'ai couru couru
avant de pouvoir embrasser la terre

J'ai couru longtemps
avant d'arriver dans la hutte de la pluie
La pluie m'a fait m'asseoir
elle m'a donné de l'eau à boire
avant de me conter l'histoire de la création
elle m'a dit que la plénitude de l'océan
nous apportera fortune et que les gouttes de la pluie
sont des bénédictions

J'ai chanté chanté
Jusqu'à ce que la poésie m'épouse
Je l'ai séduite avec mes sentences et proses
sulfuriques
elle s'est endormie sous le regard de la Pleine Lune
Seul témoin

J'ai nagé très longtemps
avant de franchir les ruisseaux
j'ai nagé nagé
avant de traverser les rivières

J'ai nagé longtemps
avant que les poissons ne m'acceptent

J'ai beaucoup ramé
avant de connaître les limites des rivières
j'ai sillonné les dunes jusqu'à tomber dans la mer
j'ai chanté chanté jusqu'à ce que la poésie
m'emporte

J'ai volé longtemps
jusqu'à franchir les forêts
J'ai volé volé
jusqu'à la demeure de la Poésie
J'ai médité médité
jusqu'à ce que les oiseaux m'acceptent

Merveilles merveilles
je voudrais accomplir des merveilles
L'aveugle voudrait accomplir des merveilles
mais la vision lui fait défaut
Merveilles merveilles
le sourd voudrait accomplir des merveilles
mais l'ouïe lui fait défaut
Le paralytique voudrait accomplir des merveilles
mais la mouvance lui fait défaut

Merveilles merveilles
Je voudrais à l'instar des cascades
pouvoir me scinder en mille éclats
tels les étoiles
pour irriguer de lumières les terres arides
et les contrées asséchées

Merveilles merveilles
Je voudrais lancer une pierre dans l'espace
et la voir s'aligner parmi les étoiles
la nuit tombée,
qu'elle danse telle une planète
et qu'elle esquisse un sourire

Chant : *Jiji mo ji mo pade awon Erin*
Nibi won tin fige lu ge gege
Jiji mo ji mo pade awon Efon
Nibi won ti nfiwo lu wo

En me levant ce matin
j'ai rencontré des éléphants
qui luttent dans la forêt
et qui se cognent leurs défenses
En me levant ce matin
j'ai rencontré des cerfs
qui luttent dans la brousse
et qui se cognent leurs cornes

Seulement un éléphant vaillant
traverse une rivière inondée de crocodiles
et joue de sa trompe
Seulement un cerf puissant

cogne les étoiles avec ses cornes
Seulement les étoiles guerrières
témoignent de plusieurs mois dans le ciel

Le coq punira l'insolence
du cafard vantard
L'aigle mettra un terme à l'arrogance
des canetons inobéissants
Il n'y a pas de secrets dans les intestins du coq
pour le faucon
l'aigle connaît toute la constitution du coq

Ainsi chante une forêt
sillonnée par une rivière
tel est le chant d'une tige
sur laquelle se pose un oiseau
tel est le chant de l'aurore
qui voit la lumière naître

Une étoile qui meurt a dépassé la limite du ciel
le cheval qui meurt a dépassé la course
le bélier qui meurt a dépassé sa corne

l'éléphant qui meurt a dépassé ses défenses
le crocodile qui meurt a dépassé ses écailles
le faucon qui meurt a dépassé les nuages

Si le lion devait chasser sous le commandement
du léopard
mieux vaudrait que chacun chasse de son côté

Si l'on vous demande qui vous a conté
ces histoires d'étoiles, de lune et du soleil
de rivières éveillées et de collines endormies
Répondez-leur que c'est Babarinde l'enfant yoruba
né au crépuscule, et qui a grandi dans la nuit
qui a déployé ses ailes à l'aube
et qui s'est envolé avec l'aurore
pour embrasser la lumière du jour.

Courbevoie, mars 1999

Le pays des aigles verts

L'enfant Yoruba : Talking Drum !

De ces rochers
Ont jailli les eaux sacrées
La lumière qui fait naître
L'humanité tout entière

Alors, dans les poussières du temps
Dans les couloirs assombris
De ces cavaliers
Guerriers infatigables
Du passé et du présent

Je sors ma tête
Parmi les feuilles et les fleurs
Je vois le monde
Comme dans mes songes
Ici l'air est chaud et la couleur est verte

Devant mes yeux tout nouveaux
Je vois le temps se dérouler
Comme le tapis d'Orient d'Aladin
Le temps s'allonge
Se prolonge et comble l'espace

Moi, l'enfant Yoruba
La voix qui parle aux feuilles
La brise qui caresse les herbes
La voix hérissée d'une nuit calme
J'ai un pied dans ce monde
Et un autre dans le monde qui m'a vomi

Moi, Babarinde, trop vieux pour vivre
Trop jeune pour mourir
Le maître de mon propre destin
Je suis l'étoile illuminée
Dans un ciel famélique
Le monde m'effraie
La vie me passionne

Je suis l'Être et Lettres
Homme et Mots qui dansent au rythme de la langue
La forêt abritant monstres et esprits :
Igbo Irunmale !

L'océan d'où vient la vie
Le tonnerre déchirant la nuit
Le souffle d'un dieu fâché
Je porte en moi un message[1]

[1]Message : bobines de fils qui nous relient aux dieux

« Devant mes yeux tout nouveaux,
je vois le temps se dérouler »

Je ne serai ni prophète
Ni prêcheur ni prêtre
Mais, seulement Homme
Uniquement mots et lettres
Tableau infini de songes non crédibles
Les bruissements de nos rêves qui se déversent
Au croisement des fleuves : Delta mortel !

La peau qui saigne sous la sueur de la peau des mains
La langue qui attise les lumières du monde
Façade cachée des temps modernes
Je suis le tambour battu
Après l'effort incessant
Je tresse les fils du monde
Ma voix est finement rauque
Je crie, je tape des pieds

Je suis le caméléon des bois
Je m'adapte, je m'intègre
Dans les couleurs, dans les mots,
Dans les pensées, dans la nature

Les rivières me connaissent
Les fleurs me connaissent
Les montagnes me sont fidèles
Les forêts m'abritent

Les feuilles se sont écloses
L'éclosion de nos cœurs
L'odeur d'une joie auparavant fanée
Qui maintenant s'éveille

Je vois le monde qui me berce
Tout est nouveau et étrange
Tout s'étend devant moi
Je contemple, j'observe pour mieux comprendre
Le monde me dépasse

De mes ailes
De mes plumes et habits
Je vais voler les cieux
Sillonner les vallées et les creux des montagnes
Voguer les océans
Traverser les forêts marécageuses
Survoler les volcans
Où nos peines et douleurs se consument
Pour disparaître

Je m'éclos tout seul : Abami omo[2] !
Je me libère
Je prends vie, je m'incarne
En ce que tu vois
Dans le sifflement d'un serpent à sonnette.

---

[2] Abami omo : enfant qui surprend

Cérémonie

La nuit s’est réchauffée
La lune luit
Les marcheurs perdent progressivement
Leurs ombres
Les feuilles se taisent
Pour faire place
Au sifflement du vent
J’ai déchiré une feuille
Au début de l’aurore
Au réveil un arbre
S’est brisé
Et un vent tiède balaie
La rue encore déserte

Je salue en bon enfant
Mes ancêtres et mes pères
Je ne me souviens
Aucunement de ma naissance
Et j’ignore le jour de la fin
Mais j’apprécie la vie

J'aime ce qui vit
Mouvoir c'est exister
C'est s'exprimer

Nous allons danser
Fêter les ancêtres
Comme il se doit
Nous danserons en compagnie
Des feuilles des champs.

Mystères dissimulés

Je me suis placé
Tout en haut des rochers
J'ai grimpé sur les têtes
De ces vieilles montagnes
Le monde s'étend
Devant moi infiniment
L'air réchauffé par le soleil levant
Marquant les corps des hommes

J'ai tiré sur le drap de nuages
Que les humains nomment ciel
La fracture est grande
Les nuages brûlants s'évaporent
Aussitôt, laissant le vide

J'ai passé ma tête
Dans la déchirure du ciel
Pour voir les mystères cachés
Pour voir l'invisible et le tout

Mais alors je me rappelle
De la Tour de Babel
Mon cœur sautille de peur

Pourquoi voulons-nous toujours
Voir ce qui est caché
Ce que *Eledumare*[3] garde en secret ?

Deux oiseaux géants volant
Autour de moi me portent
Sur leur dos
Traversant rivières et bois
J'atterris dans une forêt sans feuilles

Le sol est fait de sables cristaux
Des vers luisants fuient ma présence
Le soleil et la lune sont sans concordance
Soleil la nuit, la lune le jour
Les arbres sont des bâtons de diamant
Les cailloux sont des concentrés d'or

Mes yeux souffrent
La vision est trop lourde, aveuglante
Les mystères dissimulés
Gouvernent le monde

---

[3] Dieu suprême dans la religion yoruba.

Les secrets encore gardés
Sont les fils tissés par le temps
La valeur d'une vie échevelée

Le serpent des bois me connaît
Le boa des mers m'est familier
J'étais oiseau
À présent je suis un cerf
Mes cornes dressées
C'est à l'infini que je rends grâce

Au loin à l'horizon
Très loin dans ma vision
L'océan, terre infinie
S'enroule en vagues libérées
La danse de la mer
Inoubliable spectacle
Les manières des hommes
Expérience inoubliable

Les eaux se sont mélangées
L'air s'est alourdi
L'atmosphère gelée s'est réchauffée
Le ciel noirci
Le soleil forci brûle
Par ses rayons les particules
D'or, de diamant et de cristal

La roche cristalline
Se dresse haut dans le ciel
Le granit de tous ces moments
Passés, effacés, oubliés

Le sol tremble
Voici les esprits du passé
Qui nous visitent
Les passés qui nous poursuivent
Collant sur nos peaux

Honorons les ancêtres
Pour que le futur se souvienne de nous
Pour que l'avenir nous honore.

Errance nocturne

L'inspiration vient
Comme le ronflement d'un sommeil
La pensée coule
Comme l'eau d'un ruisseau
Les cloches des quatre coins
Du monde sonnent, résonnent
Troublant ainsi nos nuits

Je sillonne la nuit solitaire
Caressant l'ombre et les feuilles
Qui dansent magnifiquement sur
Les cadences d'une brise fatiguée
L'armée immobile se laisse bercer
Au rythme fatal et irrésistible
Que l'obscurité lui impose

Les hommes s'éparpillent
Se dispersent, laissant distance et néant
La nature, les feuilles et les herbes
Se réunissent, s'assemblent pour former

Un et unique souffle
Une seule vie homogène

Les rivières sont une seule
Et les montagnes se reconnaissent
D'une même grande famille
Toute création s'assemble
D'une manière ou autre
Mais l'humanité se divise
De toute manière possible

J'ai grimpé sur la colline
L'air était chaud
Les arbres enchantés de me voir
Les plantes ravissantes dans leurs
Manteaux de vert éternel
Tous m'ont accueilli

J'ai tourné mon regard
Vers les alentours
L'humanité s'allonge à l'horizon
S'éparpillant par ici et par là
J'ai vu un troupeau de sept chevaux
Un autre troupeau de six vaches
Tous profitant de la bienveillance de Dieu
Se respectant les uns les autres
Partageant nourriture et espace

Les larmes gelées du vieux rocher
Prophétisent une ère nouvelle
Les vagues glacées de l'océan
Emprisonnent le temps
Dans un vase de glace éternelle

Je me mélange à la nuit
Je me confonds avec l'obscurité
Je me fonds dans le silence gelé
Sous le regard fixe des étoiles
L'éclipse veut tuer le soleil
Et rendre folle la lune errante

Je me suis assis sur une feuille
Qui me sert de tapis magique
Les messages viennent me saluer
Je vole sur les mers et les montagnes
Je traverse les rivières et collines
Les châteaux de sable qui s'écroulent
À chaque nouvelle montée des marées

Là je me sens intouchable dans l'air
Les êtres me paraissent si minuscules
Les visages crispés et fatigués
Dans leurs multiples coquillages
Dans leurs calebasses individuelles
Je plane, je vole, j'ai des ailes

Je frissonne de tout mon corps
L'air glacial endort mes os
Laissant mon corps sans vitalité
Paralysant mes membres
Me rendant ainsi inutile
Mais le souffle chaud de la nuit
Me garde éveillé

Je suis l'errance même
De tous ces lieux isolés ou vides
Le vent tiède nocturne connaît les secrets du temps.

Babarinde

Je me nomme Babarinde
Je suis un enfant Yoruba
Je suis le père qui revient
Je suis venu de loin
Je suis de ce pays où les Aigles
Dansent dès le lever du soleil

Je suis Babarinde l'enfant Yoruba qui chante
Mon Histoire est un fil détendu
Mon Histoire est un rocher qui chante
La naissance d'une tige pressante
L'avènement d'une fleur qui s'ouvre
Aux rayons solaires qui tendent leurs bras
Mon Histoire est un fruit qui mûrit
Dans la forêt où les branches flottent dans le vent

Je m'appelle Babarinde
C'est le père qui revient dans la légitimité
C'est l'enfant qui grandit

C’est un ancien nouveau-né
Je suis guerrier des temps modernes
Je suis préparé à mener
Les combats quotidiens
À embrasser l’Arc-en-ciel
À caresser les étoiles nocturnes qui dansent
Dès la nuit tombée, jusqu’à la fin de l’aurore

Je suis fils du vent
Qui sillonne les vagues d’antan
La brise du soir resplendissante
Je suis le fils du vent
Pour qui s’écoule lentement le temps
La fleur de fin d’été qui annonce
L’arrivée proche de l’automne qui se tient au seuil de
la porte

Je suis l’enfant Yoruba
Je prêche l’arrivée du jour
Dans le vent du soir et dans l’alignement des étoiles
Je poursuis les traces préservées dans le cœur du
temps
Pour que le présent s’enfante
Le solitaire dans la foule
Le chasseur né dans une tempête fugueuse

Je me nomme Babarinde
Né dans une lignée de guerriers fils de *Oduduwa*[4]
Je suis le fermier dans le champ

---

[4]Oduduwa : premier roi, souverain et ancêtre des Yorubas.

« Je suis le pêcheur sur le fleuve
qui traverse cette terre
Je suis l'enfant d'hier, l'homme d'aujourd'hui »

Dédié à mon père Ola Pierre Akinsusi

Je suis le pêcheur sur le fleuve qui traverse cette terre
Je suis l'enfant d'hier, l'homme d'aujourd'hui

Je m'appelle Babarinde
Mon Histoire se résume en une goutte
Cette goutte tombe dans un bol
Ce bol se verse dans un seau
Et le seau se renverse dans un ruisseau
Le ruisseau embrasse la rivière
La rivière se déverse dans le fleuve
Le fleuve court dans l'océan

Je suis né Babarinde
Je suis dans l'océan
Je suis un poisson porte-fanion
J'avance parmi les requins
Je glisse dans les profondeurs sombres
Pour finalement rebondir vers le soleil
Je suis *Baba*-je suis le père
Je suis *Rinde*-je suis revenu
Je suis le père qui revient

Mon cheval est le temps qui s'étire dans l'horizon
Dans l'espace, tel un arc,
Mon bâton de marche est la patience
Qui s'enroule autour du temps
La sagesse monte à cheval sans fatiguer la selle
La sagesse est une fleur du temps, le bâton de marche du vieillard

Babarinde chérit le soleil
Quand il rayonne pour réchauffer
Les forêts et les lacs, les montagnes et les fleuves
Quand le soleil fait fleurir les champs
Quand le soleil nous dépose un baiser sur la peau

Babarinde chante la pluie
Quand elle nous arrose nos champs
Quand elle fait pousser les semences
Et quand elle nourrit nos lacs et les rivières
L'eau que l'on boit, qui nous lave et qui nous transporte

Je suis Babarinde
Le père de Babatunde, né dans l'aurore d'un matin

Remerciements

Mes remerciements vont à l'endroit de Marie.

Table des matières

Imprimé en France
Achevé d'imprimer en juin 2021
Dépôt légal : juin 2021

Pour

Le Lys Bleu Éditions
83, Avenue d'Italie
75013 Paris